楠 誓英

禽眼圖

現代歌人シリーズ
28

一匹の獣が　そっと　木々のアーチから歩み出る
瞼を　神性の前で　大きく見開いて

ゲオルク・トラークル「生の魂」（中村朝子訳）より

もくじ

I ―― 11
夜に沈む 12
冬の裏 22
空山のさかひ 30
禽の眼 38
死なざるわれ 47

Ⅱ　55

劫初　56
デミアン　66
村に火をつける　76
柩の場所　84
凍土の匂ひ　92
暗紫にひらく　101
有刺鉄線　109

Ⅲ――117
祖父の眼鏡　118
きりぎしの夜　128
傷兵　139
川岸　147
あとがき　156

表紙絵　森馬康子

題字　山根亙清

デザイン　メディナ・マイコル

禽眼圖

I

夜に沈む

街灯の黄光の下に立つ一樹片側は夜に削られてゐつ

光のなかうつむき続く細き男近づけば古き街灯となる

片側を闇にのまれてそよぐ樹を観ればかつてのわたくしならん

自転車が倒れ後輪は回るまはるさうして静まるまでを見てゐき

言ひ過ぎたぼくを見下す瞳かと夕空を背に皇帝ダアリア

所詮これも自己愛なのかとおもふとき傾いた電柱ばかりあらはる

透明な傘ゆゑ君の両肩は灯にさらされて夜に沈みぬ

側溝は街灯の光にじみ込み蛇身のやうなぬめりのあるを
花屋には青い花ばかり荘厳な光を浴びて息をしてゐる

轢かれたる獣の皮がこびりつき車道しづかに恩寵を受く

わが胸に一枚のドアの映りたりトンネル内を電車止まりて

黒スーツの男が集ひて夜になりランプのやうに家々灯る

カタカタと後輪の鳴る自転車が夕光のなかゆらぎつつゆく

ロッカーのわたしの名前の下にある死者の名前が透けて見えくる

ホルマリンにつかるヒヨコがまなぶたを薄く見開く理科室の宵

閉まりゐる扉の数だけある闇のわづかにきしむ職員ロッカー

長くながく送電線の垂れてゐて「あなたのすべて、重い」と言はれき

灯の下にとりどりのパン集まりて神の十指のごとく黄昏

自傷痕隠す少女の瞳の奥　レニングラードに雪は降りけむ

冬の裏

跳ねてゐる金魚がしだいに汚れゆく大地震《おほなゐ》の朝くりかへしみる

柩なく死体はならびて窓とまどほのほのあかり揺らめいてゐた

屍を照らした焔らふそくにうつりてきみのまなこをともす

花の色素つきたる兄の骨いだくあの日のわれが雨降る奥に

あかつきに傷をさらして耐へてゐき十二のわれかただよふ浮標《ブイ》よ

光浴び海面にうかぶユリカモメあの日よりずつとゆれつづけてゐる

軒下に寄れば自動でつく灯りものかげ消えて死後のあかるさ

まつさらなしろつめ草の咲くなかに少女の頃のあなたが眠る

青銅の腕《かひな》に抱かるる一瞬の暗さのありて湖《うみ》は暮れたり

伏せられしボートのありてこんなにも傷はあるんだ冬の裏には

蝶はてふ、人はひとにて生まれきて触れえぬことをさびしさがいふ

薄明から薄明へわたり兄の立つ夢のはたてに浮く尾長鴨

傷つけるコブハクチョウはケージにて白銀《しろがね》の野を夢みん眠れ

組み伏せしきみのまなこに廃れたる灯台一つおく海がある

水の面《も》に届きさうでゐて届かぬを桜の梢《うれ》は兄をしめして

空山のさかひ

学校は飛行場近く

飛行機の音の降りくる教室にゆんわゆんわと揺るる生徒ら

朗読の声の途切れて右耳からざんと抜けゆく白き両翼

補習する教室の窓に遠い灯に恍け熔けてゆく滑走路あり

十六の君のおもてにかげ落とすテニスコートの隅に立つ桜

卒業は無理と脅せば少年は霧に濡れゆく夜の小楢だ

桟橋にゆれる舫《もやひ》の一束となりて眠れり水泳ののち

水中よりきみを眺めし少年のいまもその光《かげ》眼底にあり

半身を窓より出して風を受く君はいつの世の水夫であつたか

抵抗なき少年期なり休日は倒されたままのサッカーゴール

ビル内に教会ありて女の子の襟元のやうな神のいましき

林のおくまばゆき光にひかれゆくまつ白な老人ホームあらはる

校庭にあしをためる一張りのテントあるいはしづもる白鹿

あはぬ日のつづいてをりぬ剝製の雉の瞳にうつる雪花

雪原にしみゆく血潮うつりけむ雉のまなこに青く吾《あ》がをり

人の腰にゆはへられ雉は見ただらう逆さにゆるる空山のさかひ

禽の眼

彼方《あちら》には別のわたしが住んでゐる崖の上に建つ団地のあかり

子を膝に妻と笑へる別のわれが窓に見えたりやがて暗闇

あの時に結婚したらゐるだらう子が駆け抜けてひかりの団地

ああきつとこれが家族だ光りゐる団地の窓を覗き込んでる

この世では家族をもてぬ亡兄《あに》とゐて団地のあかりがやけにまぶしい

まなうらに縁の燃えたつ雲のあり兄の齢をいうに越えたり

雪原に古きピアノのひかれゆくトルストイ最期の場面読むとき

鳥籠の向かうに降れるあは雪を胸内の夜にうつしゆく君

階段から冷たい風が吹き込みてエセーニンのやうな巻毛だあなた

右の靴ばかりがならぶ店の奥箱に眠れる左の靴よ

取り出した佐美雄の歌集なかは無くさびしい闇をたたへたる函

サークルになじめずぼくは傘立ての横にねかした折り畳み傘

時の前後かへてみたいと椅子の背を折り返したり水色電車

エセーニンのかげりのやうなこの夜の君の巻毛に雪しづみゆく

まなうらに羽ばたくかげあり　小禽を愛せし兄の弟なれば

咽喉《のみど》よりとび去りしつぐみただ君の変声期前の声の聞きたし

木の下の暗がりのなか雨をみる禽《きん》のまなこになりゆく真昼

死なざるわれ

なぜ父を裏切りつづける灯の下に犬打ち据うるをとこの眼《まなこ》

犬を打つ男の面《おも》が灯のそばの夜にひたりてわが顔になる

自ら頭《づ》を打ちつけ死ぬるひとありしを壁の窪みにしづかな光り

橋梁を渡るとこちらはあちらになり絮《わた》とぶなかに亡兄《あに》の立ちたり

海に花手向けるときのくらさにて少女は抱いた子猫を放す

きみの変へたサドルの位置をそのままに乗りて木末《こぬれ》に頬ぬらしゆく

夕ぐれの名の無き橋をすぐるとき無名の闇になりてゆくかも

すれ違ふとき肩と肩ふれあひぬ護岸工事の終はらぬ土手に

福知山脱線事故

目の端より鮮烈な白のひかりふり脱線事故の石柱となる

帰らざるひとのかがやく空のした吊るされつづける千羽鶴あり

すこし長いカーブに列車はかたむきて折り重なつて死者よみがへる

ふいに生るる暗がりに透けて立つひとも吊革ゆらし消えてしまひぬ

事故の日に謝罪の放送ながれをり通勤人の鼻梁はしづむ

人型の残りしシートに身をそはせ死なざるわれの手足を重ぬ

水底におちゆく光きりきりと河の上ゆく赤き電車は

Ⅱ

劫初

中辺路《なかへち》の泉に映る暗色のもみぢを背後にわれらしきひと

いにしへのすめらみかども中辺路を越えたまひたりのこる真清水（斎藤茂吉）

いにしへのすめらみことのまぼろしをみてゐる眼鏡いづみに浮かび来

丸縁の茂吉の眼鏡にむらさきにおもおもとゆくすめらぎ映る

神生れし熊野の河に石落とす父をらぬきみ父憎むわれ

亡き兄のかはりになれぬ日の暮れに礫のひとつは波紋なく落つ

ぐらぐらと黒き鳥居のあらはれて生者と死者の境を訊かむ

悲壮なる猛禽の叫び天にあり奪はれつづけ残りしかわれ

日のささぬ山のなだりにならび立つ針葉の樹が内に伸びゆく

大瀧の落つる先にも小さき瀧どこまで一つの時間《いま》なのだらう

那智瀧が白鬼のすがたで駆けてゆくひとの消えたる渡り廊下に

両脚をいれかへつつも暗緑の夜に耐へたる白鷺一羽

羽削がれもがくなにかがゐる胸を照らし出すため月光はある

ことのはの手前によこたふ幽暗よやまは深々とうずくまりをり

いくにんの未生のものが岩となり橋の上なるわれを見てゐむ

夜の河を渡せるほそき橋を越え不動瀧とふ仏にあはむ

きりぎしにそひて建ちたる不動堂ほかげに夜はふるへてをりぬ

畳にはほそきかげありナナフシは屈伸しては夜の底をはふ

林間に落ちゆくひかりそびらみせ劫初のおくに鵙は飛びゆく

デミアン

北国へ渡りそこねてうつりたる青葉のなかをキンクロハジロ

ひとひらの蝶さへ愛せずきみはただ森に朽ちゆく獣骨ならん

少年から青年にかはる身体にて抱《いだ》けば波に倒るる自転車

水鳥の去りて明るきみづうみの空をかきゆくスワンボートよ

エノラ・ゲイ映しし湖《うみ》もあつたらう底ひにしづむカンナの花かげ

教室に残る少年となへたる論語のなかを渡りゆく鳥

アメンボは縦に重なり妻子さへ持たざるわれの脳《なづき》にはいる

帰らざるひとの声かと振り向くと一体のスワンボートうなづく

めしべのみ残して落ちしつつじ花拾へばなかをのぼりゆく蟻

くろがねの腿をさらして少年のラガーの傷は風に乾かす

ものかげの消えて木末《こぬれ》のいろ深く雨ふる前のしづけさにをり

出窓にて膝をかかへて闇の後の光を話すきみとデミアン

なにものものはぐぐまなくに在ることをさびしみぬわれら乳首みせあひ

洗濯機の内側ふかく陽の射さず朽ちゆくネジのかがやきが見ゆ

須磨寺にて

林間のかがやくなかを船はゆく放哉の句をきみはひろげる

石段《いしきだ》を下れば海は樹にのまれあなたのつむじばかりが見えた

傾いた望遠鏡をのぞくときひとの見てゐた切崖《きりぎし》のたつ

触れたれば経の鳴りだす石ありて鞄を斜めに少女は覗く

をしろひのやうにも見ゆる敦盛の首塚につく塩ほの白し

村に火をつける

この街を統《す》べゆく闇にひとすぢのしろく浮かびて流るる川は

きみの言ふはなむけの言葉かき消えて雑踏にさがす木犀の香を

生殖が終はれば死ぬるしらしらと流れをのぼるものを慕ひて

狂人をささへしクララ・シューマンの指《おゆび》をおもふ君の掌のなか

灯のうつる川は流れて橋下の暗がりによどむ木犀の花

狂ふことおそるるときに狂ふとぞ頭蓋に響くシューマンのソナタ

坂のはしの小さな川に沿ひくれば雨にけむれる痩身のきみ

戦争を知らないことをなじられて切株多き林にいたりぬ

暗闇にびらびらと舌あらはして泉をなめる獣かわれは

さるすべり炎天にひらく形にて暗くよぢれる臓物《わた》もつわれら

人界の余白のごとし青白く光る公園車窓より見ゆ

夜とよるのはざまに白き谷のごと灯に照らされるテニスコートよ

上ること下ることもない坂道がまばゆき灯りに照らされてゐつ

清潔な死をねがひ灯はゆれてをりコスモスクエア行きの車両に

村に火をつけし少年内にゐて炎にわれを沈めようとした

枢の場所

くものかげに一瞬気球はおほはれて手をふるひとの見えなくなりぬ

はつなつの並樹のひかり閉ぢ込めてクリアファイルをたたしめてゐつ

正面の顔はなぜだかおぼろげで横顔ばかり金魚も君も

キャンバスのなかの海原波打ちて描くそばから帆のはらむヨット

月かげに照らされてゐるを内側は昏き錐なす竹林、あなた

灯の下の自転車の籠に置かれあるレンコンの穴の暗さたしかむ

校庭にささりし一本のシャベルから孤独の影がしみ出してゐる

電球をかへてうつむく少年は眼窩の深きひとりの男

浴槽に沈められしとき見たひかり箒のごときを描き出したり

継父に虐げられし少年と白皮厚き朱欒《ザンボア》を断つ

人間が消えた車両かまひるまの校舎の間《かん》の渡り廊下よ

キシキシと椅子をゆらしてきみの声雲を下からのぞかうといふ

机の下ペンライト握り少年は狙撃手のやうな眼をしてみせる

グランドのもやは薄まりハードルを重ねてもてるきみのあらはる

奥行きのあるエレベーターに乗るときは枢の場所をあけて立ちたり

凍土の匂ひ

既視感にさざめく並樹くぐりぬけ雲のかげ落とす墓地につきたり

ゆれてゐる少女の膝にひつたりと母の骨壺にひかり、まつさらな

骨壺を抱きて下る女の子のうしろを歩む僧形なして

「らふそくは入れたか」といふ太き声「入れた」とどこかしんとしたこゑ

透明な墓標を抱へとりどりの傘を傾げて歩みゆくひと

小泉八雲旧居にて

足ゆびをとほす夏風ラフカディオ・ハーンのすわりし縁にねころぶ

蔵の壁はらり落つればおしろいの剝げたる八雲好みのをんな

うつすこと拒みし八雲の左眼のまぶたのかげよ常世のとびら

オシリスかあるいは八雲の横顔が雲としてありこの夕空に

日照雨《そばへ》のなか乱れて光に消えし蝶まなうらにかげ揺らめいてゐる

伊予柑に親指ふかくさし込みてまばゆき脳の断面を見つ

画面には悪いなづきと良いなづき映し出されて雨の夜の奥

風はただ螺旋の形におりてきて非常階段でするサボタージュ

答案のはためく音に目覚めたりそれぞれのやみを持ち手から手へ

水を抜いたプールの底のかがやきに雨にぬれたる屋上はあり

大空の底へとつづく鉄梯子向かひの校舎の屋上にあり

封筒に残る亡祖《そ》父《ふ》の名に線ひけば凍土の匂ひに夜の降りて来

暗紫にひらく

陰嚢のかたく冷えゆく雨の夜に闇を食《たう》ぶる兵隊の霊

岸上大作

時雨るるに緑濃くなる装甲車ずぶ濡れの君けぶりて立つを

五月雨にワイシャツ透けて青白い痩軀のきみよ禽《きん》の眼をして

卓上に置かれし眼鏡はうつしけむロープに揺るるきみの素足を

装甲車踏みつけて越す足裏の清しき論理に息つめている（岸上大作）

ロープより垂れたる白い足裏《あうら》より清しき論理流れ出したり

さびついた防火水槽の底ひには「決起」の語に似たなつかしい光《かげ》

宙吊りになりたるきみの臓物《わた》なれば暗紫にひらく蘇芳の花は

ファサードに灯の集まれるその下をブリキの兵のごとき歩哨よ

臓《わた》おほふ筋肉《すぢ》はつめたく締まりゐて立てる歩哨に細雨は伝ふ

学校は駐屯地の隣り

灯のうちに打ちすゑらるる兵のゐて去りゆくまでを校舎より見つ

上官に打ちすゑられてゐるをとこ夜に裂けゆく裸木の一樹

銃身をさげて立ちたる兵よみな白銀《しろがね》の野に立つ疎林となれよ

立つたまま血潮は縦にながるるを兵は真夏の樹幹のごとし

ホロコースト知らぬ少年少女にてラッパ手のラッパにときに目覚めり

有刺鉄線

沖つ藻にからまりしづむ二人のかげ上下にボートゆらぎゐるのみ

指とゆびからみあひつつ眼《まなこ》なき魚《うを》の棲みたる池底のそこへ

吾《あ》のもとを去りて玉藻の暗がりに消えゆかんやきみ狂女《をんな》を引きて

はらなかに白き胎児のゆらぎつつ泥のにほひに沈むししむら
ペチペチと乾かぬおもひふたひらのコブハクチョウの水かきになり

風にゆれ凍土に白く横たはる雁の顕ちたりまなこつむれば

カミーユ・クローデル

狂ひゆくことも知らずにクローデル首をねぢつて眠る白鳥

したしたと二本の脚の生えてきて夜気ぬらしゆく真鴨のありて

水禽の羽毛にまみれ死ぬる魚まなこにうつる凍土のひかり

桟橋の向かう島には陽にそよぐ葦原きみの墓標にしよう

薄れゆくひとの輪郭水管に真鯉の寄りて夜になりゆく

喉奥に藻をつまらせし青年の見ゆるあかとき白雁のゐて

飛びたつた空の深さをおもひたり有刺鉄線にこびりつく羽根

水底にたゆたふ君の巻毛にもこの夕闇はおとづれてゐる

寄辺なきおもひに霞む浮島に定型をあたへられゆく白鳥《スワン》

Ⅲ

祖父の眼鏡

石階《いしきだ》はふいに途切れぬ紅き穂が陽にそよぎてああこれがコーリャン

祖父は大陸で戦った

高粱《コーリャン》の畠におびゆる母子の眸《め》がうつりたり若き祖父のまなこに
殺されしひとの数だけ紅き穂をそよがせ唄へ小鳥の歌《シャオニャオチャン》を

花占ひせし黄梅の刈られゐてみづのにほひの枝も溶暗

うづまけるコーリャン畠にとほき唄「まづは亜細亜の華咲くあした」

イヤリングひかりて画面は香蘭《シャンラン》の小禽のやうなまぶたのこして

祖父は脛を負傷し、帰国

首の無い禽《きん》の下がれる雪の夜に刺されし祖父のしろがねの脛《はぎ》

手折りたる桃花もやがて踏まれゐて軍靴の下で泥《ひぢ》を透かしぬ

祖父は敵機を落とした

光りつつ堕ちゆく翼に歓声をあげし若きに祖父もまじれり

燃えながら堕ちゆくなかに青年の頤《おとがひ》の見ゆとくりかへし言ふ

にんげんの燃ゆるときにはこんなにも水が噴くのか航空眼鏡《めがね》残して

碧落よりふりくる翼《はね》のひかるなか万歳を叫び走る青年

火のおちし主翼のあたりに集まりていまだ燃えたる祖父の眼鏡は

戦後、祖父は僧侶に戻った

銃剣を念珠にかへて墨染の祖父は戦後をおそれて生きき

木箱には軍刀をのこし震災《なゐ》の日に横向きにまなこ閉ざしし祖父《おほちち》

映像は止まりてまなこつむりたる李香蘭《リシャンラン》のまつげのかげよ

戦争《たたかひ》を誉むる佐美雄の歌の上に紙魚《しみ》の一匹逃げまどひゆく

燃やしゐる書類のそばに白々とかがやく祖父の眼鏡かけてみぬ

きりぎしの夜

言ひかけたことばのありてこの橋に禽《とり》の尾羽根のきらきら降れり

答案にいくつも落つる鳥のかげまなこつむりて陽の白さを

側溝に柄の無い傘の沈みをりとりかへのきかぬものになりたし

寝過ごしてまなこひらけばどこまでも拡がる海が窓にあふれて

欄干にかかりし傘が櫂になり見知らぬ海に漕ぎ出でんかな

つぶされた蛍のやうな船も消え帰らざる兄が泳いでゐたり

海境に消えゆく二羽の浮かびたりシンクに水を満たすあかとき

鉄棒に体軀吊るせば銃剣にさし抜かれたる俘虜の青年

終着の駅を出づれば冬風にはがれてゆきぬシルク・ドゥ・ソレイユ

深夜灯てらす花屋にめぐり来て渇きて一夜香るダアリア

子をもちし父の齢も過ぎてゆく風吹くなかを鳥像抱く

舟越桂展を見て

金色に輝く石の瞳から光の消えるまでを見てゐつ

胸像のまなこの夕光消え果てて世の外へ黙つてゆきしか兄よ

雌雄とはまぼろしならん日傘さすきみが薄くも濃くもなりたり

着水のするとき湖《うみ》の暗がりてやがてひかりに溶けゆく嘴《はし》よ

伸びをする禽の水打つ羽の音をかたへに眠るあかときにして

生くること死なざることの違いなどいくども浮かび沈むカイツブリ

終電の車窓に見ゆる山肌にあんなにも家がはりついてゐる

暗転の響きうつくし暮れのこる地に吸はれゆく噴水のかげ

もつれ飛ぶ空のひばりよ欝の花乱るる兄の国へしるべせよ

獣肉を下げて帰らんきりぎしの夜をみひらく禽《きん》となるまで

傷兵

疵の字が庇に見えくるこの夜更けきずばかりもつひとのすむ家

薄明をくぐりて眠るわがからだ枕の下を魚《うを》が泳ぎぬ

鞄のなか昨日の雨に冷ゆる傘つかみぬ死者の腕のごとしも

はめ殺しの窓より遠きビルの間に紅い電車がゆらぎつつゆく

もうとうに死にし役者が斬られたる映画にすみたる深夜の父は

浴槽に凍えた脚を曲げる夜も柩の死者の伸びゆく髭は

照り翳り二羽のからまり落ちてゆく窓から窓へ映りゆく見ゆ

跳ねてゆくガゼルの一頭追ひゆけば陽のたまるドアにたどり着きたり

教室より渡り廊下を見下せば一角髑髏の画のかかりたり

見開いたまなこもいつか閉ぢてゆく一つまたひとつ閉めらるる窓

手の甲にふるるは赤子の頭蓋だと夜にただよふ紫陽花に向く

吊革を両手でつかみうなだれる傷兵のごとく輝く青年

石原吉郎を悼む

橋梁のきしみの長くラーゲリに向かひし列車に運ばれてゆく

風に舞ふ袋《ビニール》ああかつて頭《づ》に袋おほはれたまま刺されしものよ

緑色の街灯の下　凍土には人型あまた残されてゐる

川岸

心病む弟ひそかに息づきて灯りの消えぬただひとつの窓

水抜きしプールの底にさびついたハンマー一つ抱きて帰る

乾きたるプールの底に立つひとのまばゆし死後のひかりのやうに

部室棟《ぶしつとう》の裏の灯りにしづもれる古きタイヤを海石《いくり》とおもふ

ねぢれたるコースロープをほどきゆく会はなくなつたひとがゐさうで

干されあるコースロープは月下にて打ち上げられた海蛇《かいじゃ》とならむ

プールののち髪の濡れたる少年の読む詩のなかの草生《くさふ》のにほひ

手向けたる花はしづみてみちのくの海溝の死者の眼窩にひらく

躁鬱の岸辺に立ちておとうとよ切りたつものを脳に宿して

冬鳥を見に行くきみの乗るバスのシートにゆるる水のひかりは

この街を春には離れん水鳥も一度きりの冬日を生きる

はつなつの光をとほす浅瀬には獣の骨にあそぶ稚魚あり

水鳥の去りし河辺に越して来てひかりのなかを羽毛ふりくる

自転車を背に寄せベンチに仰向きぬ風を巻き込み伸びゆくか君

初夏のひかりまばゆき中洲には切株ひとつ根まで晒さる

根元ではつながり伸びる二本松ふたり暮らしのいつまでつづく

もう一度弟になりたし鉄橋をすぐるとき川のひかりは満ちて

あとがき

三年ほど前、神戸を離れた。離れたといっても電車で二時間もかからない場所である。しかし、生れてから住み続けてきた神戸を出たことは自分にとって大きかった。

移り住んだ街は、ため池が多く、家の近くに昆陽池があった。池と言っても、小さな湖とでも言ってもよいくらいの大きさである。冬になると、多くの渡り鳥が訪れる。私は、たびたび昆陽池を訪れては、水鳥を眺め続けた。ミコアイサ、キンクロハジロ、オナガガモ…自然と水鳥の名前を覚えた。水面を悠々と泳ぐ水鳥を眺めながら、なぜか生まれ育った神戸のことを考えていた。

先日、神戸のある場所を歩いた。そこは、通学で行き来した思い出の場所である。しかし、阪神淡路大震災でことごとく焼亡し、すっかり変わってしまった。眼前には、どれもよく似た清潔感の漂う白い家が建ち並んでいる。まるで最初から何事もなかったように静かであった。よく見ると、ところどころに空き地があり、草が伸びきっている。家族を失い、復興できずに去った人もいたであろう。その空き地だけが時間が止まっているように見えた。私は、目を閉じた。だが、どうしても震災前の姿は思い出せなかった。単純に歳月の問題かもしれない。浮かんでくるのは、震災によって焼土と化した姿であった。眼前の白い家と空き地、そして焼土とが重なって見えた。わたしにとって、短歌とはそのようなものではないかと思う。見えるものの向こう側に心を寄せていく。見えないものを視る「眼」が欲しいと苦しいまでに切望する時がある。

夜に目を覚ますと、空を渡る鳥の声が聞こえる。彼らには、暗闇でもこの世界の神性がありありと見えているのだ。

この歌集の刊行に関わったすべての人に感謝します。

二〇一九年十一月吉日

■著者略歴

楠誓英（くすのき・せいえい）

1983年　神戸市生まれ
2013年　第1回現代短歌社賞受賞
2014年　第40回現代歌人集会賞受賞
第一歌集『青昏抄』（現代短歌社、2014年）

「現代歌人シリーズ」ホームページ　http://www.shintanka.com/gendai

現代歌人シリーズ28
禽《きん》眼《がん》圖《ず》

二〇二〇年一月七日　第一刷発行

著　者　楠誓英

発行者　田島安江
発行所　株式会社 書肆侃侃房（しょしかんかんぼう）
〒八一〇‐〇〇四一
福岡市中央区大名二‐八‐十八‐五〇一
TEL：〇九二‐七三五‐二八〇二
FAX：〇九二‐七三五‐二七九二
http://www.kankanbou.com　info@kankanbou.com

DTP　黒木留実（書肆侃侃房）
印刷・製本　アロー印刷株式会社

ISBN978-4-86385-386-7　C0092